AF313698

VENTE

Le Vendredi 14 Avril 1905

HOTEL DROUOT, SALLE N° 1

BEAUX

Meubles du XVIIIᵉ Siècle

ET DE STYLE

FONTAINE MONUMENTALE ET BANC EN MARBRE

STYLE XVᵉ SIÈCLE

Salons en tapisserie

ANCIENNES PORCELAINES DE SÈVRES

OBJETS D'ART

Tableaux — Livres — Tentures

Mᵉ LAIR-DUBREUIL, Commissaire-Priseur

M. Arthur BLOCHE, Expert près la Cour d'Appel

C. CHAUFOUR
PARIS

CATALOGUE

DE

BEAUX

MEUBLES DU XVIIIᵉ SIÈCLE

et de style

**Grande Commode en laque à décor Chinois
garnie de bronzes Louis XV**

CANAPÉ COUVERT EN ANCIENNE TAPISSERIE D'AUBUSSON

AMEUBLEMENTS DE SALONS EN TAPISSERIE DE STYLE LOUIS XVI

Crédences Renaissance, Consoles, Bureau, Poudreuse, Horloge
Vitrine, Commodes, Bibliothèque, Sièges variés
Table, Billard

PIANOS D'ERARD ET DE FLAXLAND

**Fontaine monumentale et banc en marbre
de Style XVᵉ siècle**

ANCIENNES PORCELAINES DE SÈVRES

Faïences

BRONZES D'ART ET D'AMEUBLEMENT

Service de toilette en argent

TABLEAUX ANCIENS

Livres

Tapisseries, Tentures

Tapis d'Aubusson et d'Orient

DONT LA VENTE AURA LIEU

HOTEL DROUOT — SALLE Nᵒ 1

Le Vendredi 14 Avril 1905, à 2 heures 1/4

Mᵉ F. LAIR-DUBREUIL	**M. Arthur BLOCHE**
COMMISSAIRE-PRISEUR	EXPERT PRÉS LA COUR D'APPEL
6, *Rue de Hanovre*, 6	51, *Rue Saint-Georges*, 51

Chez lesquels se distribue le présent Catalogue

EXPOSITION PUBLIQUE

Le Jeudi 13 Avril 1905, de 2 heures à 6 heures

CONDITIONS DE LA VENTE

La vente sera faite au comptant

Les acquéreurs paieront *dix pour cent* en sus des adjudications.

L'Exposition mettant le public à même de se rendre compte de l'état des objets, il ne sera admis aucune réclamation une fois l'adjudication prononcée.

DÉSIGNATION

OBJETS D'ART

1 — Très beau service à thé en ancienne porcelaine pâte tendre de Sèvres décor à médaillons volatiles de toutes espèces, fond bleu turquoise, à guirlandes dorées, décor de Aloncle 1753. Il se compose d'une théière, un sucrier, un pot à crème, un bol, six tasses et six soucoupes.

2 — Deux jardinières à quatre faces en porcelaine de Sèvres, offrant des écussons de fleurs encadrés de bandes roses sur fond vert, montures en bronze.

2 *bis* — Paire de vases en porcelaine côtelée bleu turquoise, montures en bronze ciselé et doré à guirlandes de laurier.

3 — Pendule Louis XVI en bronze ciselé et doré forme gaîne enguirlandée avec têtes de bêliers et dauphins, surmontée d'une statuette de femme assise près d'un vase sur lequel se trouve le cadran tournant. Socle en marbre blanc.

4 — Garniture de cheminée en marbre rouge et bronze ciselé et doré, composée d'une pendule forme monument surmontée d'un vase et flanquées de quatre torches enguirlandées et de deux candélabres à sept lumières. Cadran signé, RAULIN, BIGOT et Cº, style Louis XVI.

5 — Statuette en bronze : Phryné, signé AIZELIN, édition de BARBEDIENNE.

6 — Pendule religieuse avec socle d'applique en bois noir et écaille incrusté d'étain et de cuivre garni de bronze doré. Cadran avec arcades en cuivre doré, style XVIIe siècle.

7 — Lustre en bronze doré orné de cristaux. Ier Empire.

8 — Statuette en bronze : Jeune fille aux fleurs.

9 — Statuette en bronze: la Fileuse, signé ÉTIENNE LEROUX 1881.

10 — Quatre appliques en bronze ciselé et doré à rinceaux surmontés de vases enguirlandés.

11 — Service de toilette en cristal taillé, monture
en argent de style Louis XV composé de flacons,
boîtes à poudre, jeu de brosses, etc.

12 — Deux plats en argent repoussé, ancien travail
allemand du XVIIe siècle.

13 — Hanap en ivoire sculpté, monture en argent
ciselé et repoussé, XVIIe siècle.

14 — Médaillon avec miniature, suspendue à une
double chaîne en argent doré. Epoque Louis XVI.

15 — Belle garniture de cheminée en bronze ciselé
composée d'une pendule surmontée d'une statuette de Mannenkenpis et de deux coupes
supportées par des chimères et de deux candélabres, à cariatides de femmes et chimères (de la
Compagnie des bronzes de Bruxelles).

16 — Grand plat en ancienne faïence émaillée suisse
représentant le Sacrifice d'Abraham.

17 — Paon en cuivre ancien de Perse ajouré et
enrichi de pierreries.

18 — Garniture de cheminée en bronze composée
d'une pendule formée d'un brûle-parfums surmonté d'une chimère et de deux vases avec volatiles en relief. Travail japonais.

19 — Paire de vases en marbre de couleur, monture en bronze à têtes de laurier, style Louis XVI.

20 — Lustre cristal et bronze style Louis XV.

21 — Bas relief en cuir.

22 — Paire de vases quatre faces en porcelaine de Chine, décor à personnages.

23 — Deux bustes allégoriques aux Saisons en faïence de Rouen.

24 — Vase en ancienne porcelaine de Chine.

25 — Mortier gothique en pierre sculptée. Socle en bois.

26 — Petit cartel Louis XV en bronze décor de feuillages.

27 — Petit vase en émail cloisonné de Chine.

28 — Deux lorgnettes en cuivre du Ier Empire.

29 — Garniture de cheminée en bronze de style Louis XIV, composée d'une pendule et deux candélabres à six lumières.

30 — Lustre en bronze doré de style Louis XIV à
six lumières disposées pour l'électricité.

31 — Six vases en porcelaine décorée.

32 — Deux épées.

33 — Suspension de salle à manger en cuivre poli.

34 — Appareils d'éclairage pour billards.

SCULPTURES

35 — Très belle fontaine monumentale style XVᵉ siècle formée d'une gaine à quatre faces en mosaïque de marbre de couleur et marbre blanc formée de quatre colonnes avec chapiteaux posant sur une terrasse ornée de quatre grenouilles et supportant une vasque quadrilobée offrant tout autour des animaux de toutes espèces et des tortues, partie centrale ornée d'un accouplement de quatre colonnettes torses surmontées d'une petite vasque à gaudrons, sur laquelle se trouve un fût quadrangulaire à mufles de lions par lesquels se fait le jeu des eaux, accompagnée de la bordure du bassin.

36 — Beau banc de style byzantin à deux places en marbre sculpté, dossiers à entrelacs ajourés, surmonté de triangles dans lesquels se détachent des bustes d'apôtre sur fond de mosaïque dorée, accotoirs en forme de groupes d'animaux, piétement à arcades ornées de figures d'anges.

37 — Médaillon ovale en marbre blanc représentant en bas relief le buste de Diane.

38 — Statuette en marbre : Pureté.

3g — Antiquité grecque: tête d'Adrien, empereur
romain, en marbre de Paros, provenant des
fouilles d'Athènes. Grandeur nature.

40 — Buste de femme en marbre blanc sur fût de
colonne en simili-marbre.

41 — Deux petites statuettes d'enfants en marbre.

TABLEAUX

BOTH (J.-A.)

42 — Arrêt à la fontaine.

CALLOT

43 — La Tour de Nesles et la place des Vosges.

Deux pendants.

FERRI (Attribué à Ciʀo)

44 — Adoration de l'Enfant-Jésus.

LACROIX (dit de Marseille)

45 — Personnages au bord de la mer.

Deux pendants.

RENI (Ecole de Guido)

46 — Femme en extase.

RUYSDAEL (Ecole de)

47 — Paysage.

VAN LOO (Ecole de)

48 — Portrait présumé de Mme de Fontenelle.

LIVRES

49 — Les Evangiles, par l'abbé Delaunay. Edition Curmer. Un volume.

5o — Collection reliée du journal l'*Art*. Quarante-deux volumes.

5i — La Sainte Bible, avec dessins de Gustave Doré et ornementations par Giacomelli. Edition Mame de Tours. Reliure en maroquin. Deux volumes.

52 — Les Evangiles des dimanches et fêtes de l'année contenant de nombreuses lithographies en couleurs. Edition de Curmer. Un volume.

53 — Deux albums contenant des reproductions d'œuvres du musée du Luxembourg.

54 — Carton renfermant des planches décoratives.

MEUBLES

55 — Grand et beau canapé en bois sculpté et doré
forme à contours, couvert et gainé en ancienne
tapisserie fond crême à corbeilles et branchages
fleuris encadrés de treillages enguirlandés. Epoque
Louis XVI.

56 — Belle commode en bois laqué à personnages
chinois avec encadrements et écoinçons, poignées
et entrées de serrures en bronze ciselé et doré.
Epoque Louis XV. **Dessus** marbre rouge veiné.

57 — Très bel ameublement de salon en bois
sculpté et doré à bouquets de roses et rubans
enroulés, couvert en tapisserie d'Aubussòn; le
dossier du canapé offre le colin-maillard et le
siège des combats de coqs dans un paysage ; les
dossiers des fauteuils représentent des médaillons à petits personnages d'après Lancret et
les sièges les fables de Lafontaine, sur contre-
fond bleu pâle. Il se compose d'un canapé et de
huit fauteuils. Style Louis XVI.

58 — Joli meuble crédence en noyer très finement
sculpté, le corps du haut offre sur les bandeaux
des trophées guerriers, des mascarons et des
chiffres couronnés, il ouvre à une porte sur le
devant et deux portes sur les côtés, et est orné
d'une statuette équestre de roi et de deux bas-
reliefs allégoriques à son mariage, en ivoire
sculpté; le bas est formé d'arcades à colonnettes
fleurdelisées avec parterre de placage de marbre.
Travail de style XVIIᵉ siècle de la maison Charles
Foulonneau.

59-60 — Deux consoles Louis XVI de grandeurs
différentes en bois sculpté et doré à guirlandes
de fleurs, pieds à cannelures ornementées, piète-
ment orné de vases fleuris, dessus en marbre
blanc et marbre gris.

61 — Bureau forme commode en marqueterie de
bois de couleur, dessin à branchages fleuris orné
de bronzes, travail hollandais XVIIIᵉ siècle.

62 — Chaise Renaissance en bois sculpté, dossier
représentant des scènes de la vie d'Hercule, couverte en velours ciselé fond rose.

63 — Horloge en bois peint et laqué doré à sujets
chinois. Cadran en cuivre et étain signé Richard
Evans, London. Epoque Louis XVI.

64 — Grande console en bois sculpté et ajouré, dessins à rocailles feuillagées et fleuries; dessus en marbre blanc veiné. Epoque Louis XV.

65 — Poudreuse en bois de rose, xviiie siècle.

66 — Fauteuil en bois sculpté à perles et rais de cœur, foncé de canne. Epoque Louis XVI.

67 — Bahut en marqueterie de bois de rose et de luxe ouvrant à deux portes, décor de rubans, orné de bronzes, dessus de marbre brèche, xviiie siècle.

68 — Petit meuble à deux corps en noyer sculpté, ouvrant à quatre portes et deux tiroirs, xviie siècle.

69 — Bahut en bois sculpté, xviiie siècle.

70 — Commode en marqueterie de bois. Epoque Louis XVI.

71 — Beau bureau en palissandre et bois de rose. Style Louis XV.

72 — Bureau Ier Empire en acajou.

73 — Bureau en palissandre frisé garni de bronze.

74 — Baromètre en bois sculpté et doré. Epoque Louis XVI.

75 — Guéridon en bois sculpté et doré. Style Louis XVI.

76 — Petite table dorée, dessus de marbre. Style Louis XVI.

77 — Etagère en bois noir sculpté de Chine.

78 — Commode en bois de placage ornée de bronzes ciselés et dorés dessus de marbre. Style Louis XV.

79 — Vitrine en acajou ornée de bronzes avec panneau en vernis Martin représentant un sujet champêtre. Style Louis XVI.

80 — Beau dressoir en acajou satiné à coins arrondis avec tablettes ; montants cannelés à pointes d'asperges et consoles en bronze doré, bandeau décoré de rinceaux également en bronze. Dessus en marbre brocatelle d'Espagne. Travail de style Louis XVI de la maison MILLET.

81-82 — Deux beaux meubles à hauteur d'appui en acajou satiné, coins arrondis à étagères, ouvrant à deux portes en marqueterie de bois rose et filets de bois vert. Montants cannelés à pointes d'asperges et consoles en bronze doré; bandeau formant tiroir décoré de rinceaux en bronze. Dessus en marbre brocatelle d'Espagne. Travail de style Louis XVI de la maison MILLET.

83 — Bel ameublement de salle à manger en noyer sculpté et ciré de style Renaissance composé : d'un buffet crédence, un dressoir, une table avec ses rallonges et douze chaises couvertes en imitation de cuir de Cordoue.

84 — Meuble de salon en bois doré de style Louis XVI garni en tapisserie d'Aubusson à bouquets de fleurs dans ses encadrements à ornements fleuris contre fond vert d'eau composé de : un canapé et quatre fauteuils.

85 — Chambre à coucher en noyer ciré et sculpté de style Louis XIII composé d'une armoire à deux portes à glaces, un lit de milieu avec sommier et deux tables de nuit.

86 — Armoire normande en bois sculpté portes garnies de glaces.

87 — Armoire hollandaise en marqueterie de bois ouvrant à deux portes ornées de glaces.

88 — Piano droit en bois noir de FLAXLAND.

89 — Piano grande queue d'Erard.

90 — Table billard en noyer sculpté relevé d'or de
W. St-Martin à Paris.

91 — Queues, porte-queues et jeu de billes.

92 — Lit de milieu en acajou à moulures et marqueterie de cuivre, colonnes détachées et canne-
lées. Style Louis XVI.

93 — Commode en acajou et cuivre garnie de cinq
tiroirs, surmontée d'un corps formé de deux
petites armoires à une porte à glace séparées par
une glace surmontée d'un fronton. Epoque
Louis XVI.

94-95 — Deux consoles en acajou sur quatre pieds
cannelés avec tablette d'entrejambe, dessus de
marbre gris à galerie de cuivre. Eqoque
Louis XVI.

96 — Table bouillotte en acajou à moulures de
cuivre, pieds cannelés. Epoque Louis XVI.

97 — Bibliothèque à deux corps en noyer ciré, le
bas à deux portes pleines orné de colonnettes en
marbre rouge, la partie supérieure à trois van-

taux vitrés décorée d'appliques et de chapiteaux en bronze ciselé, fronton à vases et motifs d'ornements en bronze.

98 — Console en bois sculpté peint gris d'époque Louis XVI.

99 — Console en acajou à dessus de marbre. Epoque Louis XVI.

100 -- Dessus de bureau en marqueterie de bois garni de tiroirs et d'une petite porte centrale. Epoque Louis XV.

101 — Bureau bonheur du jour en acajou. Epoque Louis XVI.

102 — Commode Louis XV en bois de rose.

103 — Meuble Louis XVI en acajou de forme cintrée ouvrant à deux portes grillagées.

104 — Console en bois sculpté et doré de style Louis XVI sur quatre pieds reliés par un entre-jambe supportant un vase, bandeau ajouré.

105 — Console d'applique en bois sculpté et doré, bandeau ajouré à rubans et feuilles de lauriers. Style Louis XVI.

106 — Joli meuble de salon composé d'un canapé et quatre fauteuils en tapisserie d'Aubusson offrant des bouquets de fleurs au milieu de guirlandes enrubannées, bois sculptés et dorés. Style Louis XVI.

107 — Petit bureau de dame Louis XVI en bois des îles et marqueterie orné de bronzes de style.

108 — Bibliothèque à deux portes en bois d'acajou, garnie de bronzes, treillagées de cuivre.

109 — Trumeau en bois sculpté et doré avec peinture : Vase de fleurs. Style Louis XVI.

110 — Trumeau en bois sculpté et doré à fronton. Style Louis XVI.

111 — Lit en acajou, montants surmontés de cassolettes en cuivre.

112 — Fauteuil d'époque Louis XV garni en tapisserie au point.

113 — Commode Louis XIV en noyer.

114 — Commode Louis XVI en marqueterie de bois.

115 — Canapé en bois doré garni en satin cerise capitonné.

116 — Chaise chauffeuse couverte en même étoffe.

117 — Deux colonnes en bois sculpté ajouré, Louis XIII.

117 *bis* — Fauteuil en noyer sculpté, style Renaissance.

118 — Fauteuil en noyer sculpté.

119 — Accotoirs à cariatides couverts en tapisserie au petit point. Style Renaissance.

120 — Fauteuil en noyer sculpté recouvert de cuir.

121 — Paravent triptyque en toile peinte, XVIIIe siècle.

122 — Quatre vitraux avec leurs impostes ornés de médaillons anciens à personnages et armoiries.

123 — Deux décors de baies composés chacun de quatre vitraux de couleur à personnages. Largeur de chaque baie 1^{m}35. Hauteur 2^{m}20.

TENTURES, TAPIS, SOIERIE

124 — Trois décors de fenêtres en soierie brochée à
fleurs fond crème et satin rose avec galerie en bois
doré orné de passementeries et de glands assor-
tis.

125 — Trois portières en velours de lin ornées dans
le bas d'applications de grands rinceaux fleuris.

126 — Tapis d'Aubusson dessins à médaillons et
fleurs.

127 — Quatre portières en tapisserie d'Aubusson
décor à grands feuillages et fleurs.

128 — Grande carpette orientale à dessin poly-
chrome.

129 — Deux beaux stores en marceline et dentelle
application dessin à corbeilles de fleurs et dra-

peries, style Louis XVI, de la Maison Daes
heimer.

13o — Huit brise-bises analogues.

131 — Objets omis.